文学之都
未来诗空

唯美主义的半径

义海 著

江苏凤凰文艺出版社

图书在版编目（ＣＩＰ）数据

唯美主义的半径 / 义海著 . -- 南京：江苏凤凰文艺出版社，2023.1
（文学之都·未来诗空）
ISBN 978-7-5594-7208-3

Ⅰ.①唯… Ⅱ.①义… Ⅲ.①诗集－中国－当代 Ⅳ.① I227

中国版本图书馆 CIP 数据核字 (2022) 第 183884 号

唯美主义的半径

义　海　著

出　版　人	张在健
选 题 策 划	于奎潮　陈　武
责 任 编 辑	王娱瑶
特 约 编 辑	秦国娟
责 任 印 制	刘　巍
出 版 发 行	江苏凤凰文艺出版社
	南京市中央路 165 号，邮编：210009
出版社网址	http://www.jswenyi.com
印　　　刷	三河市华东印刷有限公司
开　　　本	880 毫米 × 1230 毫米　1/32
印　　　张	8.75
字　　　数	160 千字
版　　　次	2023 年 1 月第 1 版
印　　　次	2023 年 1 月第 1 次印刷
标 准 书 号	ISBN 978-7-5594-7208-3
定　　　价	58.00 元

江苏凤凰文艺版图书凡印刷、装订错误，可向出版社调换，联系电话 025 - 83280257

自 序

2020年，是我诗歌创作的第40个年头。人生没有太多的40年，回顾一下40年来的诗歌创作，进行一次总结，岂不是件好事？所以，接到稿约，未加思索我便接受了。

《唯美主义的半径》是我的第8本诗集，也是我40年诗歌创作的一个总结与回顾；虽说是40年诗歌创作的一个回顾，这里所收录的诗作，主要创作于1982到2020年之间，是从我已经出版的7本诗集中挑选出来的。这7本诗集是 Song of Simone and Seven Sad Songs（英文诗集，2005年在英国出版）、《被翻译了的意象》（2009年）、《迷失英伦》（双语，2010年）、《狄奥尼索斯在中国》（2010年）、《一个学者诗人的夜晚》（2013年）、《五叶集——新诗66首》（双语，2016年）、《爬满状语从句的房子》（2020年）。

收在这本集子的150首诗，风格其实很不一致。即使收在同一卷中的诗歌，虽然风格相近，却又是写于不同时期。回望我这40年的诗歌创作，现代主义风格贯穿始终；同时，我也偏爱现代风格的谣曲（modern ballads），试图将现代主义的非理性与谣曲的歌唱性结合起来。

我的诗歌创作与我的诗歌翻译几乎是同步的。或许是因为这个缘故,在创作的初期我就偏向于自觉地吸收现代主义的表现手法。其中,对我影响比较多的是意象主义、未来主义、超现实主义、荒诞主义戏剧,但唯美主义的风格似乎始终是我所有诗歌的底色——这也是为什么我给这个集子取名为《唯美主义的半径》的原因。我始终认为,诗歌可以读不懂,可以无法解释,但它必须是美的。不是所有的美都可以解释或需要解释,就像我们没有必要去解释花为什么是美的。三十年前的那个冬天,我一边做关于徐志摩的硕士论文,一边写完了我的那篇组诗《西茉纳之歌》(共51首);上半夜是理性的唯美主义诗歌的理论研究,下半夜则是纯粹感性的诗歌创作——这两个工作交叠在一起,既是一种时间上的偶然,也导致了我在诗学追求上的某种必然。

在英国访学期间,我开始尝试双语写作(bilingual writing);毫无疑问,这在某种程度上磨砺了我对汉语和英语的双重敏感性。诗歌就是语言的炼金术。诗歌语言在任何一个民族语言中都是最具活力、最具个性、最具创造性的。一个好的诗人,必须在语言上"不依不饶",必须懂得把握语言的"质地",拿捏语言的"轻重感"和语言的"软硬度"。诗歌在表现所谓主题思想上,一定会输给其他文体;丧失了语言上的创造,诗歌便丧失了存在的价值。我的一位研究语言学的同事对我说,诗人对语言的打破与重构,甚至可以给语言学家们带来启迪。这倒给了我很大的激励。

这是一部诗集，也可以说是一首诗，一首用四十年精心打磨的诗。罗兰·巴特说过："读者的诞生必须以作者的死亡作为代价（The birth of a reader should be at the cost of the death of the writer）。"从这个意义上说，这是不是一首好诗，还得由读者说了算。

　　是为自序。

义　海

2020 年 2 月 14 日

2021 年 3 月 29 日修改

目录 contents

卷一 没有声带的歌唱

002	献诗
003	下午
004	死鸟
005	独自
007	方向
010	图画
011	船歌
012	黎明
014	硬币
015	修女

017	夏　虫
019	蟑　螂
020	现　实
021	时　钟
023	村　庄
024	词
027	露
031	风
035	透明的刀子
038	影　子
044	小东西（30首）

卷二　书斋里的落叶声

062	暮色降临时我在唐诗里坐下
064	一个学者诗人的夜晚
065	对语言的种种看法
068	把香烟抽成灰烬的样子
070	我在灯光下一坐下
073	像一个句子一样简单着
075	书　斋
078	楼　梯
079	翻　译

080	伤　疤
082	花累吗
083	一个人
084	孤独的椅子
085	水中的单词
087	水中的玻璃
089	你在地图上回家
091	在一张白纸上舞蹈
092	2011年12月31日
093	只有戴着眼镜时才能思想
094	别以为我是一个人上路了

卷三　我的狄奥尼索斯

098	红　酒
101	酒
102	白　酒
106	米　酒
107	醉　过
109	高原好酒
111	一共才七滴
115	希尔顿酒店 A
117	希尔顿酒店 B

118	真正的饮者
124	普罗旺斯情歌
127	威士忌
129	我希望有一所白色的房子
130	瓷　器
132	瓷　片
134	青花瓷
136	划过我的肌肤的瓷片

卷四　唯美主义的半径

140	唯美主义的半径
144	玫瑰有条漂亮的裙子
153	我从白色的楼梯上走下来
155	阴影也是阳光的一种
156	忧郁的瓷
158	词语的光
160	阳　光　下
161	迷　失
166	失　眠
168	戏　子
173	春天的远足
177	吹口哨的人

179	王尔德笔记
181	抽象玫瑰
182	阳光如此美丽
183	雨后的花园里……
184	牵牛花的歌声
186	考文垂郊外的春天
189	走在秋天的花园里
191	有油菜花盛开的春天
193	我用石头敲打空山的空
195	孤独有一张美丽的面孔
197	一个精神病患者的夜晚
200	不小心我走进了一幅油画
201	一堵墙从我的体内砌了过去
203	电影在四点钟开始三点钟结束
206	一个把忧伤描绘得无限美丽的人

卷五　西茉纳和小爱人

208	西茉纳之歌（51首选9）
221	小爱人（6首选5）
229	水的女儿（5首）
236	苏格兰恋歌（6首选3）
240	纯　情

242	紫丁香
245	丁香女子
247	朗诵一个人
249	被点燃的硬币
251	你总会不停地问
253	风吹乱了你的头发
254	从水中捞起的小歌谣
256	我把夜晚摆放得整整齐齐
258	我曾经爱过一个叫丁香的姑娘
260	真正的爱情是在梦中

263	后　记

卷一

没有声带的歌唱

Book I Singing without a Vocal Chord

轻轻一擦

就可以把公主的裙子擦掉

轻轻一擦

就可以把北方的城堡擦掉

轻轻一擦

就可以把爱情擦得干干净净

——《图画》

献　诗

我将一只蝴蝶装进我的笔管
我的笔便飞了起来

我将一条蚯蚓装进我的笔管
我的笔便爬了起来

我将我自己装进我的笔管
我的笔便哭了起来

我将地球装进我的笔管
我的笔便疯了

下　午

今天下午
电台播放叶子的颜色

我朝窗外望去
却看见一片灰色的天空

除了灰色的天空
我看见两只红色的鸟

两只红色的鸟在空中盘旋
无枝可依

我低下头来
饮了一口咖啡色的咖啡

死 鸟

我扒开它的眼睛
看见一片天空
死在里面

那是黄昏的天空
一缕炊烟
吊在云端

我挖开泥土
将死鸟埋葬
把天空的尸体
和云的尸体
一同埋掉

独　白

夜晚就刻在墙上

一面镜子大声朗诵着我的前前后后
一百二十三个我拼命鼓掌
掌声是最欢乐的悼词

我的面容就这样陨落下去

我唱给自己听
我舞给自己看
我杀死我自己
我控诉我自己

我因此被判死刑

灯光在夜晚残酷地延续下去

使一百二十三个我盘旋在我的四周
触目惊心

方　向

四只鸟向四个方向飞去
天空中留下翅膀的刀痕

旅人啊
你的口袋里装的是什么
——我的口袋里装的是金黄的苦闷

四只鸟向四个方向飞去
天空中留下翅膀的刀痕

旅人啊
你的背上驮的是什么
——我的背上驮的是绿色的皱纹

四只鸟向四个方向飞去
天空中留下翅膀的刀痕

旅人啊

你的眼中飘荡的是什么

——我的眼中飘荡的是断臂的歌声

四只鸟向四个方向飞去

天空中留下翅膀的刀痕

旅人啊

你的手上拿的是什么

——我的手上拿的是废墟的钥匙

四只鸟向四个方向飞去

天空中留下翅膀的刀痕

旅人啊

你的身上穿的是什么

——我的身上穿的是诸神的灵魂

四只鸟向四个方向飞去

天空中留下翅膀的刀痕

旅人啊

森林里生长的是什么
——森林里生长的是挺拔的拐杖

四只鸟向四个方向飞去
天空中留下翅膀的刀痕

旅人啊
你要到什么地方去
——我要到四个方向去

四只鸟向四个方向飞去
天空中留下翅膀的刀痕

图　画

轻轻一擦
就可以把公主的裙子擦掉
轻轻一擦
就可以把北方的城堡擦掉
轻轻一擦
就可以把爱情擦得干干净净

勃艮第的冬天总是下雨
她站在镜子面前
看着镜子里的那个女子
把眼角的一滴泪
擦掉
轻轻地

船　歌

太阳在船尾落下
月亮在船头升起

水在东
水在西

鱼
有时无
无时有

风吹
才知道月亮是件衣裳
穿在哪个女子的身上都漂亮

黎 明

夜已经很深了
天上只剩下五颗星星了
谁在远处哭泣
是一支笔

夜已经很深了
天上只剩下四颗星星了
谁在远处挨饿
是一张纸

夜已经很深了
天上只剩下三颗星星了
谁在远处无语
是一支烟

夜已经很深了
天上只剩下两颗星星了

谁在远处等待
是一张椅子

夜已经很深了
天上只剩下一颗星星了
谁在远处孤独
是十根指头

没有夜可言了
天上已没有一颗星星了
谁在远处徘徊
是一个人

硬 币

硬币的正面是风
硬币的反面是雨

硬币的正面睡着
硬币的反面醒着

硬币的正面如果是爱
硬币反面就应该是恨

硬币的正面如果是春
硬币的反面应该是秋

硬币的正面是你
硬币的反面是我

当硬币没有正面和反面时
是我们把酒当水喝了

修 女

我把一粒石子投进《罗马书》
一圈涟漪荡漾开来
冰冷如熔浆
温柔如磐石

花园依旧盛开依旧芬芳依旧
芬芳依旧如阿尔卑斯山中的寂静
半个月亮
透过半开的窗帘
照在半朵晚香玉上

或许有雪落下
那是在一条长廊的尽头
雪花伴着晚钟
像神的大手
把山谷轻轻护住

不是风舞动窗帘
是窗帘拉住了风的衣襟
不是夜晚降临到了山中
是她的心中升起了半个月亮
不是琴声从夜的深处响起
是一根琴弦被轻轻触动

当夜莺的歌声随着月光陨落
当叶子无力得托不起一颗露珠
长廊尽头的两个背影
一个叫玛丽
一个叫海伦

夏 虫

窗帘的声带上有三个洞洞
看着远方

流水的声音
在消化一块石头

有一个病句
在回味往日的爱情

有一声叹息
只叹了一半

香烟在我的肺上
绣出锦绣河山

一滴酒在数远处的街灯

一盏,两盏……

出租车正送一张假身份证回家

蟑 螂

顺着夜的小腿爬了上来
比体内的疾病还要隐蔽

它的脚
是桑德堡的
雾
把耗子的耳朵
欺骗得淋漓尽致

它目中无我地爬上了我的书桌
在我把它赶走之前
它已在"波德莱尔"上停留了片刻

现　实

电停了
花还在开

收音机关了
鱼还在讨论

桥断了
水包扎好自己的伤口
继续赶路

水中没有鱼
但鱼的嘴里有水

血已经不再流
雨还在下
船夫已死
船正赶往下一个目的地

时 钟

十三只鸟占据了十二个月份

羽毛纷纷落下
羽毛落下
勉强阐释着地球的引力

一声鸟鸣
吃掉了六十个乐观主义者

有的昨天没有齿轮
有的明天没有耳朵
有的今天没有膝盖
有的前天把我的海水全部出卖

可以押韵
在征得辅音同意之后

时代真的变了
我顺着椭圆形的跑道跑步
怀着正方形的思想

没有齿轮的运转
没有耳朵的倾听
没有膝盖的奔跑
没有海水的航行

十三只鸟占据了十二个月份
十二个月份生下半只蛋

村　庄

村庄宁静得像在镜子里似的
大地顺着烟囱升上了天空
在小河犹豫不决的时候
小木桥从它上面悄悄走过

大地顺着烟囱升上了天空
泥土变轻涂黑了天空的脸
村庄被安放在一面镜子里
狗吠一声镜子便融化一下

村庄被安放在一面镜子里
镜子里的晚霞镜子里的你
你看着我老去我看着你凋谢
你在镜子里面我在镜子外面

村庄宁静得像在镜子里似的
村后的小池塘是镜子里的镜子

词

词,你们过来
让我用天才的鞭子抽打你们
我要叫名词动词起来
我要叫动词副词起来
我要叫副词的每一个关节
都散发出木犀草的清芬
我要叫形容词的每一次呼吸
都把春天送到行人的脸上

词,我的马群
你们奔腾
你们欢呼
你们跳跃
我要用想象的鞭子抽打你们
我要用阳光的金币喂养你们
我要把音乐注射进你们的经络
我要用高贵的油彩灿烂你们

把你们从语法的班房里释放出来
我要把你们赶进巴利文里与比丘尼们恋爱
我要把你们送到普罗旺斯语里去跟贵夫人们调情

我坐在介词的马车上
行于大地之上,天空之下
检阅我洁白的臣民
大词典啊,我的大草原
节日的夜晚
我杀名词
我饮动词
我烂醉如副词

一条大河源远流长
我垂钓于大河之上
一根钓线
贯穿主谓宾
作主语的父亲
作谓语的母亲
作宾语的孩子
让我用目光状语你们

句子们出发了
浩浩荡荡
穿过原野
直抵天涯
太阳，徘徊在山顶上
像个燃烧的后缀

露

1

播种的人
把自己也种进了泥土

2

泥土长出草
也长出病句

3

蝌蚪是水的想象
露水是花朵们的口粮

4

把风穿在身上

东风是衬衫
西风是裤子

5

所有关于花的赞美
花一概不知

6

篱笆过滤风景
像个伦理学家

7

而夜莺的歌声
是浪漫主义留下的记号

尽管林中没有济慈
只有济慈的墓

8

当道路不知要往何处去时
它来到了我的诗歌中

9

诗歌里的道路
说有就有
说没有就没有

诗歌里的道路
在汉语里是一个长度
在法语里是另一个长度

翻译不得

10

每一滴露
都怀孕一粒太阳

我分到三粒
因为我刚读过埃利蒂斯

11

阳光
洒在一张白纸的脸上

白纸
说要脸就要脸
说不要脸就不要脸

12

这不重要
因为收音机已被关掉

风

1

风,用她的纤纤素手
捏起一片花瓣
轻轻地放在我的窗台上
又轻轻地取走

站在窗前
我看见了远方
远方偶尔也看见我

当花瓣随风飘飞
我多么希望
我的家是在云里
远方就住在我的家里

风走了

又回来

她坐在花园的一角
手心里有一片
见过世面的花瓣

2

风装满了我的虚空
也装满了我的房子
风装满了我的杯子
也装满了我的忧伤

风吹过
吹走路上的叶子
也吹走了我的路

——多么希望
自己是一片叶子
住得
离云更近
离地很远

3

河流真的会因为风改变流向?
我真的能被风送到远方?
风究竟住在哪里?
风睡着了是不是还叫风?

当河水在风中皱起它的眉头
有谁知道
它正酝酿着一个并不流动的阴谋?

风,能听懂我的疑问吗?
风,看也不看我一眼
风,径直向前走去……

……风,纵身一跃
从高高的山顶上跳进峡谷中
她的骨骼摔得粉碎

骨骼粉碎的风依然叫
——风

4

风,她犹豫过吗?
她什么时候犹豫过?

站在高处
我盯着风看啊,看啊
就好像
我真的看到了风

透明的刀子

把昨天划伤的是一些破碎的玻璃
把今天划伤的是一整块玻璃

锋利的水
被撕碎的云
野心勃勃的冰

在一块三角形的碎玻璃上
你会看见意识形态睁着圆圆的眼睛

最锋利的刀刃
是可以折断的刀刃

玻璃行进在雾中
一碰见玫瑰爱情就发出致命的光

透过死亡

可以看见更多的死亡

活着很模糊
死了也不清晰

把风杀了
一刀两断

风的喉管里
流出一滴雨

透明的刀子
杀了昨天
把今天留做人质

杀死玻璃的人
被玻璃杀了许多遍

谁在花园里喝水
端着一把能装水的刀子?

把昨天划伤的是一整块玻璃
把今天划伤的是一些破碎的玻璃

影 子

某年某月某日
当太阳升起的时候
世界上充满了
各式各样的影子
我变成了影子
走着,跳着,唱着
我害怕极了
我成了影子
我举起右手
把自己掐死
我的手温柔如雾
我开始和影子们交往
我成了影子
我和影子们在一起
我们是影子

我们都是些影子

太阳升起的时候

我们可以出出风头

望着太阳窃笑

望着太阳流泪

当世界充满黑暗的时候

我们不知道我们在哪里

我们都是些影子

我们不知道我们想些什么

我们不知道我们做些什么

我们不知道为什么活

我们莫名其妙地死

我们不知道我们的前身

我们不知道我们的来世

我们不知道我们要去哪里

我们什么也不知道

我们是些影子

我们很可怜

我们都是些影子

我们彼此经常交谈

我们交谈时使用的东西叫语言

但我们不知道
当黑暗把我们收走时
那些语言在什么地方
我们都是些影子
我们不知道
我们的身子似乎很轻
可是我们从来没有飞过
我们经常在广场上相遇
相互碰撞
相互挤压
相互践踏
但无可避免
没办法
我们是些影子
我们真可怜

我们都是些影子
我们被雨冲散
我们从来不顾及别人
我们被雨冲散
又被太阳狠狠地鞭挞
我们经常死去

又经常复活

我们不知道什么时候死

我们不知道什么时候生

我们不知道自己的寿数

为什么要生

我们实在不懂

我们是些影子

我们真可怜

我们都是些影子

影子们不认识影子

影子们经常打仗

子弹从一个影子

飞向另一个影子

流下一滴一滴

细小的影子

影子们开枪了

影子们不知道为什么

影子们杀人了

影子们不知道为什么

我们都是影子

我们不知道为什么要打

我们实在不知道
我们什么也不懂
我们死了不知道疼痛
不会发臭，却会烂掉
我们是些影子

我们都是些影子
大地扭曲着我们
世界扭曲着我们
我们是些影子
我们没有声带
我们经常呼喊
但是没有声音
我们是些影子
是早期的无声电影
我们真可怜
我们都是些影子
本来我并不是影子
后来我变成了影子
于是我是影子
我是影子
我不知道为什么

我和一个影子结婚了
我不知道我是否
认识那个影子
反正我和那个影子结婚了
生了个小影子
我生了个小影子
我很害怕
我忽然记不起我的前身了
我记不清我是否是影子生的
不是影子生的又是谁生的
世界上除了影子还有谁
我记不清了

小东西（30首）

无题

圣人的死是一种继续流通的货币
我捏着
一枚硬币
想把硬币中的水搅浑
看伪善者的脸究竟有多清澈

钟声

午夜的钟声响了
刻在雾上清晰可辨

我舀起一勺雾
放进坩埚
提炼紫铜

绝句

落日把它的最后一线希望
都熔化了

我点起一盏灯
看它到底能孵化多少黑暗

桥梁

自从诞生了桥梁
英雄的时代便结束了

桥梁
阉割了无数巨川的不可能
让东方和西方对话

旅人啊
你胸怀沙漠从桥上走过
歌声嘹亮
但歌声上有个窟窿

……在广阔的大平原上
流淌着多少太监啊

而

把门留给妻子
把窗户留给情人
把风留给折断的桅杆
把春天留给烂掉的种子
把眼镜留给海伦·凯勒小姐
把足球留给客居亚平宁的拜伦爵士

我上路了——把悼词留在出发的地方

虚

Tom 提着一篮子炊烟
沿着地图上的红线
来到海边
踏上一艘开往 17 世纪的商船

我将地图叠了起来

用手一拧
拧出一把水来

逆

一棵苹果树
站在风的指尖上
演示着分期死亡

死亡扎根在一片沃土

肥沃的土壤
使死亡充满活力
最嫩的嫩芽
脱下了穿在身上的弹壳

窗

我用食指蘸了一指的露水
在空气中画了一个窗子
太阳便把脑袋搁在窗沿上
傻笑

饮

舀一勺月光
放几粒星星的盐
我喝了一小口宇宙

忽觉得口中有一块碎玻璃
吐出来一看
原来是哥白尼的失眠

浓

暖暖的灯光下
我翻开一本诗集
发现其中有一枚书签
那是我二十年前夹进去的

我轻轻地捏起这枚书签
如捏起一个帝国的雪

路

一条很小,很小的小路
在一片静谧的树林里
独自走着

风不能改变它的方向
鸟鸣也不能改变它的主意
它独自走着

它不从哪里来
也不到哪里去

它并不担心迷路
因为它自己就是路

车

那些铁
拼命地跑
越跑越快
看上去一点也不累

我坐在阳台上
喝着茶
看着它们
眼睛都看累了

劳作

我整天这样忙碌着
为的是
能在明年冬天到来之前
让全世界所有的穷人
都领到我的一行诗歌

岛上

岛上的路
像巨大的缆绳
将岛从海水中
吊起

乐声

乐声响起
世界安静下来

刺槐树静静生长
只长耳朵
不长眼睛

乐声响起
大海升上来

把无数贝壳送上沙滩
沙滩上
布满无数小小的倾听

灰天

这天空真是灰到了极顶
即便有几只红色的鸟从头顶上飞过
我们也看不出它们是红色的鸟

这一方菜地倒是绿得奇怪
翠绿的嘴唇似乎想说些什么
只是天空太低，有灰色那么低

粽子

几片芦苇叶子
裹住了一小片稻田

一口大锅
把稻田煮熟了

吃粽子的人
腹中传来了流水的声音

那猫

那猫
像个寂无声息的预谋
穿过了草丛
在我的意识出生之前

它消失在草丛深处

在幽暗的背景上

只见那眼睛发出零下三度的光

如两个透着杀气的元音

黑猫

愣了一下

便朝远处跑去

如一片黑色的雪花

如一片长着四只脚的雪花

如一片夹着尾巴的雪花

如一片绒毛下面流着热血的雪花

如一只在没有月亮的夜晚发出凄厉叫声的雪花

它在小巷的拐角处一闪就不见了

如一片雪花落进池塘

静物

一杯酒

在桌子上唱得
脸色苍绿

一缕阳光
调和了
刀和苹果的矛盾

一把椅子
说尽了
没有手的苦闷

一支香烟
将一生的孤独
激怒

银饰

银子不会唱歌
穿在姑娘们的身上
银子唱出山谷里最动听的歌

这精致的冰凉

一碰见温软的肌肤

便开始歌唱

歌声里的星光

歌声里的月光

歌声里的酒香

翻过了一个山岗又一个山岗

旅馆

地球不过是个小小的旅馆

我来了

登记

住宿

中国是我的楼层

上海市是我的房间

桂林路是我的床位

我来了

我睡觉

我做梦

一夜春梦一夜沙砾

起床结账后
我又该往何处去呢？

我是雾

我是雾
易受伤
一阵风就可以把我的前程彻底断送

是的
风的刀刃在雾的肌肤上切开一道口子

当所有的血全部流尽
流出来的是阳光

将忧郁向远方吹响

牵牛花把一串羞涩的蓝
挂在窗前

一串羞涩的蓝
将忧郁向远方吹响

半个月亮爬了上来

——在甘南

半个月亮爬了上来
真的是半个月亮
只有半个月亮

半个月亮爬了上来
把整个山谷
全都照亮

月落乌啼霜满天（藏头诗）

月下归去的是唐朝的文弱书生
落叶用自己的薄命为他们押韵
乌鸦的眼中同时泊着两只舴艋
啼声凄切，直抵宋朝的栅栏
霜夜漫漫，星河寂寥，钟声无力
满地的银子又岂是情侣们所能捡完
天长地久：那是苏格兰人后来唱的

夜半钟声到客船（藏头诗）

夜风已把思乡的弦踩成七截
半斤白酒，四两花生，一船瑟瑟的意象
钟声虽不是平和仄的爱情结晶
声韵虽不是禁欲主义的产物
到天明，仍是
客在船上
船在水上

透过窗户照进来的阳光

透过窗户照进来的阳光
已被玻璃磨损过
玻璃吃饱了
把吃剩的部分
让给我

阳光透过玻璃后
照在一篇以黑夜为背景的小说上

"黎明"这座房子的由来

我把灯光一点一点地拆下
又用拆下的材料
修一座房子
并给它取名为"黎明"

搁在窗台上的小谣曲

隔着一条河睡着的
是我的村庄
隔着一万条河睡着的
是我的姑娘
风起
河水唱
唱的是我卖给大海的歌

卷二

书斋里的落叶声

Book II Soughs of Fallen Leaves in the Study

深夜的时候

有的人在称银子

有的人在数身上的伤疤

月光坐在我的窗台上

梳着她的秀发

——《像一个句子一样简单着》

暮色降临时我在唐诗里坐下

暮色降临时
我在唐诗里坐下

杯中的茶叶把持不定
有时是平
有时是仄

只有两片不肯深入
一片叫李白
一片叫李贺

就这样坐着
我的忧伤便很押韵

押韵就好
哪怕是忧伤的

暮色虽然天天降临
但我们并不能每次都能在唐诗里坐下

至于茶
在唐诗里是一种颜色
在唐诗之外则是另一种颜色

一个学者诗人的夜晚

忧伤有几个音节?
明天究竟在哪节车厢?
春天在哪个句子里?
我究竟在第几页?

只有沙发在回忆一个久远的夜晚
而咖啡说着480多种语言

我究竟在第几页?
春天在哪个句子里?
明天究竟在哪节车厢?
忧伤有几个音节?

只有咖啡在说着480多种语言
而沙发在回忆一个久远的夜晚

对语言的种种看法

用英语大笑
用俄语哭泣
用德语打喷嚏

在一种语言里狂风四起
在一种语言里雷雨交加
在一种语言里瘟疫流行

我们寻找一种善良的语言
医治我们皲裂的声带
将一本字典注射进我们的血管

灯光只能照亮语言的局部
语言开始剥蚀
语言上开满鲜花

语言使我们长出右手

语言使你不再赤身露体
语言使太阳六点一刻升起

火车沿着语言开过来
人们用语言谈论语言
让两种语言睡在同一张床上

选择一种语言呼吸至关重要
语言使时间瘫痪
语言使你无家可归

花朵在一种语言里遭伏击
语言是一座楼房的脚手架
有的人顺着语言爬上去有的人从语言上摔下来

语言使故事浮现上来,有了语言
一些人再也听不懂另一些人说话
手势是语言的堂兄弟

河流说鱼
湖泊说星星
枪说子弹

子弹说,"其实,
我什么也不想说。"
于是子弹被推出门外

我穿过一条走廊如穿过一个音节
你爱上一个男人如爱上一个辅音
她生下一个孩子如生下一个字母

第一个人说英语,第二个人说法语
第三个人说俄语,第四个人说汉语
第五个人说日语,我说你的眼睛

把香烟抽成灰烬的样子

把香烟抽成春天的样子
把香烟抽成天空的样子
把香烟抽成湖水的样子
把香烟抽成图腾的样子
把香烟抽成灰烬的样子
抽成
不朽

在一阵轰轰烈烈之后
再谈明天是不是一个骗局

明天是不是一个骗局
明天是不是一张过期的车票
明天是不是一缕戴着镣铐的阳光
明天是不是一幅钉满铁钉的壁画
明天是不是一场停在半空中的春雨
欲哭

无泪

就看我能不能
把一撮灰烬抽成香烟的样子

我在灯光下一坐下

我在灯光下一坐下
远方便活了

当一只夜莺
在我的体内醒来
我便在想象的牧场上
放牧着四个音节的羊群

形容词的肥水
轻易不肯外流
高高的槐树
把根系深深地扎进
我失眠的土壤

锁一锁眉头
便能从灯光中榨出阳光的液汁
芒果的气息
橙子的气息

比真理的衣裳更华丽

在我最痛苦的时候
远方总是活着

远方活着
在远方滴我的血
把我的伤口
在远方鼓吹
我捉不到它
正如我无法把灯光打死

夜晚睡了，远方醒着
河流睡了，流水醒着
月亮睡了，月光醒着
星星睡了，闪烁醒着
伤口睡了，流血醒着
马蹄睡了，奔驰醒着
诗人睡了，钢笔醒着
纸页睡了，诗歌醒着
春天睡了，小草醒着

睡在醒中睡着
醒在睡中醒着

而我的睡眠是开在灯光上的恶之花

得了痨病的鲜艳
哮喘病的绽开
气管炎的奏鸣曲
肿瘤的珠宝
把我的夜晚
装点成一座需要吃药的宫殿

最后
先知说了——
只有透过黑夜
才能真正看清远方

像一个句子一样简单着

当我的心成为千万支毒箭的通道
远方反而豁然开朗起来
当所有的星光的电源被切断
我的血反而明亮起来

深夜的时候
有的人在称银子
有的人在数身上的伤疤
月光坐在我的窗台上
梳着她的秀发

夜晚真好
它让远方更远
它让你离自己更近
把所有的状语和定语都去掉
你便是个没有杂质的简单句

简单得让蚊子无法下口
简单得不知自己从哪里来到哪里去

花开的声音最美
花谢的声音其实更美
正如你不知道我何时盛开何时凋谢

书 斋

我爬上一根句子的藤萝
看见了远处的海洋

沿途的叶子
逗号着我的生命
句号,你好
让我的血坐下来歇歇吧

海洋在远处用页码歌唱
纸的波涛
纸的牙齿
嚼着一群孩子

岸边的纸树
用纸的叶子听写海风
好让海鸟们
用鸟粪阅读它们

多年来

我顺着一根句子的藤萝

上去下来

下来上去

远处和近处

近处和远处

你们好啊

你们这些煮不熟的东西

南墙用一种叫亚里士多德的砖头砌着

东墙用一种叫释迦牟尼的砖头砌着

西墙用一种叫尼采的砖头砌着

北墙用一种叫孔丘的砖头砌着

四个窗子从四个方向骗走我的目光

远方在哪里

远方骑在马上

把时间的利息装在口袋里

直奔悲观主义者的银行

于是我又回到灯下——
定语的手杖
状语的烟雾
介词的桌子
从句的圆号
让我用春夏秋冬的抹布擦拭你们

楼　梯

我顺着楼梯往下走
走向虚无
我顺着楼梯往上爬
爬向虚无

我站在楼梯上不动
不动成一个怀疑

楼梯的拐角处有一处窗户
从那窗户可以看到一颗星星
以及它旁边的另一颗星星

翻 译

朱生豪把罗密欧与朱丽叶翻译成了汉语
谁把女人翻译成了爱情?
阳光把园中的鲜花翻译成了果实
谁把大海翻译成了沙漠?

陈敬容把爱斯美拉达翻译成了汉语
谁把柔荑般的手指翻译成了枯枝?
风把风筝翻译成了一朵纸做的云
谁把云翻译成了一夜苦雨?

郑振铎把那只印度飞鸟翻译成了汉语
谁把阳光翻译成了一夜苦雨?
海鸥把流浪翻译成了飞翔
谁把夜晚翻译成了一屋子的凄凉?

我用一个晚上把一包香烟翻译成了灰烬
谁把我的肺翻译成了一面黑旗?

伤　疤

这一块伤疤
是那一块伤疤的母亲
那一块伤疤
是这一块伤疤的粮食

月光穿在伤疤的身上
非常合身
被称作露水的婴儿
躺在夜的胸脯上

夜深了
伤疤醒了
在原野上散步

伤疤走在桥上
看水中自己的倒影
和倒影旁边的星星

走过的路
已被叹息的橡皮擦掉
尚未走过的路
是风中飘飞的一幅草图

纱布裹着一片血肉模糊的草莓酱
有鲜血从纱布上渗出
像黎明

花累吗

花累吗
水累吗
牵牛花爬那么高累吗

云累吗
天空累吗
风在吹刮了一夜之后累吗

大河日夜奔跑累吗
大地开完那么多花后累吗
人在死了之后还累吗

靠在一个睡着的名词上
我总爱问这些傻傻的问题

一个人

一个人的时候
我躲在一片叶子的背面
欣赏浑身的伤口
如徜徉在爱丁堡郊外的一座花园

一个人的时候
时间坐在一张扶手椅上
手里端着我亲手磨的咖啡
发………………呆

一个人的时候
终于可以好好地看看墙上的那幅油画
然后乘着油画里的那只小船
去油画里的远方

孤独的椅子

孤独的椅子坐在灯光下
灯光坐在孤独的椅子上

孤独的椅子在房间里踱来踱去
它等待着另一张孤独的椅子

孤独的椅子踮起脚跟
凝望着远方的山脉

孤独的椅子一言不发
它想起了原野,想起了森林

孤独的椅子在灯光下抽着烟
想把自己抽成一堆灰烬

孤独的椅子坐在深夜里
深夜坐在孤独的椅子上

水中的单词

水中的鱼群
你们总是那样深奥
像一些在水中游动的单词
我吃力地拼写你们
你们却不肯停留片刻
朝水的更深处游去
像个深奥的句子

有时,你们也在水中停留片刻
像是停下来思考一个问题
然后,又开始游动
像是为了一个协议
朝远处游去

除了停下来
你们永远在游动
像一种语言

从一个国家说到另一个国家
我好奇地看着你们
像看着水中的主语，谓语和宾语

有时，你们突然转过头来游动
像一个冗长的倒装句
忽然间我分不清谁是主语和宾语

我看见一个鱼钩垂了下来
句子当中便少了一个单词
成分残缺不全
我再也读不懂你们
你们悲哀地胡乱游动
像我儿子说的话
琐碎，凌乱

我从没见过你们微笑
这让我肃然起敬
我目送你们远去
像目送一群深沉的哲学家

水中的玻璃

放进去的是水的温柔
捞起来的是水的锋利

刻骨的仇恨
总是穿行于太平盛世
所有的伤口
都不露痕迹

透明的锋利切割着黄昏的大腿

一只东方的大瓷器
满盛着逆来顺受
它停放在原野的中央
谁都看得见
谁都看不见

没有什么危险

比穿着裙子的剑更危险

就连天堂的云朵落入水中
也不会因切成碎片
而有半句反抗

你在地图上回家

你在地图上回家
纸上的那些血管啊
流着红色的血,绿色的血,蓝色的血

你在地图上回家
戈壁上的那些路
说有就有,说没有就没有

你在地图上回家
地图上没有风
但有风的脚印

你在地图上回家
纸上的火车
奔驰在纸的轨道上

你在地图上回家

一遍又一遍地
像个被印刷了的奥德修斯

你在地图上回家
春天很潦草
但还是被擦掉

你在地图上回家
梦中的你
试图把指南针唤醒

你在地图上回家
长亭更短亭啊
亭子里坐着的都是被折断了的雾

你在地图上回家
在梦中终于回到家乡的扉页
醒来，一地沙砾

你在地图上回家
你的乡愁永远挂在墙上
被一声叹息照亮

在一张白纸上舞蹈

凌晨时分

在一张白纸上舞蹈

小草破土而出

小花轻轻开放

小鸟叽叽喳喳

小河蜿蜒流淌

薄雾中城堡露出

尖

尖

的

塔

在一张薄薄的白纸上

凌晨时分

在一张白纸上铺满精神的颗粒

2011年12月31日

有一匹马在酒杯中奔驰

草原的眉毛
把地球点缀得格外英俊

我在抽烟
我的肺在做笔记

雪,下了
并不是因为花谢了

分针,在消化
最后一朵晚霞

有一杯酒在坐电梯

只有戴着眼镜时才能思想

能把自己开放成紫色
是我一生梦寐以求的愿望
能把自己开放成紫色
是一种再绿不过的幸福

每一次花开都是一个事件
每一声太息都足以载入史册

如果花也有哲学
颜色就是它们的流派
如果花也有忧伤
紫色是它们最好的表达
如果花也有思想
它们根本不需像我这样
只有戴着眼镜时才能思想

别以为我是一个人上路了

别以为我是一个人上路了
还有很小很小的风

这是一个明亮的早晨
因为所有的花都点着一盏灯

因为所有的露珠
都挂在叶子的面颊上

花开似灯啊
灯油藏在泥土的心里

如果有雾
那是用昨夜的叹息织成

往前走去
我把道路一一唤醒

水醒了
池塘睡着

桥醒了
河水睡着

小鸟醒了
羽毛睡着

旅程醒了
你还睡着

云的风衣
只遮住了山的半个肩膀

阳光透过我
再照在路上

我的血液透明
如一杯白酒

别以为我是一个人上路了
还有很小很小的风,替我提着行李

卷三

我的狄奥尼索斯

Book III My Dionysus

这冰凉的水
一碰见血液便开始燃烧
它改变你和我之间的距离
它改变我和事物之间的距离
并让哲学上不了楼
逻辑下不了马

——《一共才七滴》

红　酒

红酒
有一条天鹅绒做的裙子,红酒
起舞
露出世界上最美的大腿

红酒改变灯光的颜色
让故事长出叶
让情节开出花
夜晚成为一个有血有肉的句子

有血有肉是有罪的基础
红酒翩翩起舞
露出世界上最美的大腿
午夜时分,世界被一种颜色染透

白酒是一种颜色
红酒必须是另一种颜色

午夜的伤口最难愈合
所有的露珠藏着同一个秘密

红酒走在午夜的楼梯上
红酒消失在长廊的尽头
风把窗纱轻轻吹起
为的是看一眼红酒的心思

有谁能读懂红酒的心思
天很高,路很远,夜很长,城堡的墙很厚
红酒无力地靠在银器的怀里
银器没有一点温度

午夜的伤口最难愈合
红酒站在楼梯上
城堡是北方的镇纸
红酒总是我故事里的女子

红酒有着北方最白皙的皮肤
夜很长,路很远,天很高,城堡的墙很厚
红酒的命很薄
溅在草叶上,让黎明在杯沿上熠熠生辉

当黎明把我捡回时,我只剩下朝霞的重量
我回到红酒的身边,把一种颜色当成信仰
红酒徘徊在楼梯上,红酒坐在窗前
红酒的脸色如此苍白,如此苍白是红酒的脸色

我听见,红酒的血管里流动着溪水的声音
红酒的手臂搂着风和风中的城堡
当最后一滴红酒沾上我的铠甲
我才知道,为了一种颜色你可以献出生命

酒

我自以为世界上只有我一个人醒着
其实,醒着的还有酒
不管夜有多深
它总圆睁着它的眼睛

我自以为世界上只有酒醒着
其实,醒着的还有我
请不要说我的泪已干
杯沿上依然挂着一滴露珠,苦的

白　酒

黑夜降临时
白酒醒了

它途经失望的城堡
在黑色的天幕上开出洁白无瑕的花朵

真正的白酒看不见前方的道路
只看见一片绚丽的风景在眼前晃动

白酒和红酒睡在同一张床上
分享同一个枕头
做着不同的梦

三点钟，四点钟
在黎明的乳房里醒着
醒，是一种痛苦
醉，是另一种痛苦

醉，可以醉得五彩斑斓

但白酒亘古以来只执着于一种颜色

在黑夜

在东方

白酒只执着于一种颜色啊

在东方

在黑夜

在阳关之外

在黄鹤楼上

在浔阳江头

总有一粒火在液体中燃烧

总有一粒石子在液体中融化

在液体中融化的必定在液体中结晶

中年的悲剧

总在瘦削的肩头上演

酒在路上

路在酒中

风,在原野上

在浔阳江头
在黄鹤楼上
在阳关之外
在电梯上升到第 79 层的时候

在 48 度的夜晚
在 62 度的凌晨
故事还在继续
情节早被遗忘

遗忘是白色的
所以被绘上彩色的图画

所以夜风扶着你回家
扶着你上楼
在上升中下坠
在下坠时升华

……白色的长衫
飘过汉魏,飘过南北朝,飘过唐宋

飘过关外
飘过江南
瓷器的表姐
玻璃的堂妹
都在同一个晚上出嫁

当春天在秋天的身后出现时
白酒笑了

米　酒

这水中的银子

被朦胧月色修饰过的银子

从夜的臀部流下来的银子

有甜味的银子

被歌声唤醒的银子

戴在风的脚踝上的银子

在午夜时分还醒着的银子

有一颗凉透了心的银子

让寨子里的所有房子无限温暖

醉 过

醉过
死过
于是
活过

终于，我在元素周期表的一角
安然睡去
看月亮
在唐朝升起
途经我的床
在宋朝落下

这很复杂的液体
把忧愁稀释得十分简单
风吹过
云飘过
留下一片空空荡荡

留下一盏
装满月光的杯子

喝下去的是化学
吐出来的是物理
我上楼是立体几何

躺在金银滩头的我
是一首浑身过敏的诗

高原好酒

好酒在午夜时分绽放
这盛开在杯子里的格桑花
把我的血液一滴一滴地照亮

好酒没有没有远方
好酒它自己就是远方

鹰是歌词
风吹
酒响
草原在唱

我被好酒高高举起

在一壶好酒面前坐下
坐下，这就有了一个家
肉体变轻

时间开花

石头在我的血液里慢慢融化
羊群在我的血液里渐渐长大

草原
醒着是草原
醉了更是草原

好酒在海拔 4000 米的地方开始燃烧
把灵魂里的水分蒸发掉
草原高
天更高
喝酒啊，喝酒
喝尽杯中的酒
还有酒中的星星

露珠，挂在杯沿上
要多静有多静
要多晶莹有多晶莹

一共才七滴

我把自己放进酒里
把酒喝下去
试图把失去的自己找回来

酒,让原本清晰的一切模糊起来
酒,让原本模糊的一切清晰起来

灯光,像一床被子
把我裹得严严实实

而女人不过是个名词
可我现在需要的是一个动词
至于副词
那只是一种奢侈

终于,我把自己捡了起来
并不精彩的一个句子

一杯酒，可以让血液通电
把灵魂里的石头熔化掉
把翅膀里的水分暂时烘干

酒，是一种液体
却可以托起固体的帝国
尽管帝国是由女人塑造的
而女人，作为水
是酒的邻居

夜深了
水在燃烧
燃烧一个帝国的精华

这冰凉的水
一碰见血液便开始燃烧
它改变你和我之间的距离
它改变我和事物之间的距离
并让哲学上不了楼
逻辑下不了马

酒，总能顺着逻辑的血管
找到诗歌的房门
轻轻敲门
门总会很抒情地打开

红的归你
白的我全部写进诗歌

疑是银河落九天是一种高度
白发三千丈是一种长度
我往杯子里看了一眼那是深度
脖子一仰那是一种风度
眉头轻轻一皱那是一种浓度

深夜，倒酒的声音最清脆
总在千年长廊里回响
有白衣夫人自长廊的那端来
"与尔同销万古愁"
我数了数
一共才七滴

最后一滴下肚

朝阳升起

我从哪里来
我要到哪里去
酒知道

希尔顿酒店 A

我数了数
我是第二十七个

我在灯光无力的一角坐下
我看不见钢琴
所以钢琴也看不见我

但我听见她

音乐用二十七双细腻的手
抚摸着二十七颗粗糙的心

当 whiskey 把我的血染成咖啡色
我的血管里奔腾着多瑙河的咖啡因

虽然泪水朦胧了我的双眼
但我依然看见

隔着窗纱
空中的月光是用一种象形文字写的

希尔顿酒店 B

当音乐再次响起
我离家更远
有谁知道
每朵花都有自己的心思
每个音符都有自己的故事

月光照在爱琴海上
帆船行在远离家乡的路上
如果还有海鸥展翅
那是因为忧郁也会长出翅膀

当乐声再次响起
爱丁堡郊外的水仙已经入睡
当王子大街上的花钟说出午夜的秘密
所有的玫瑰,还有玫瑰的妹妹们
默念着同一个名字:whisky, whisky

真正的饮者

1

真正的饮者
醒来才发现
昨夜所写的诗句
并不是从坛子里倒出来的化学

2

真正的饮者
走在押韵的楼梯上

上楼是一种韵式
下楼是另一种韵式

3

他把渴望的舌尖
伸出窗外
饮今夜的
第一滴露
和清晨的
第一声
鸟鸣

4

他在黑夜中
下坠
下坠
在凌晨的寒气中
划一道
抒情的虚线

5

江边的小船
是他系在岸边的小鱼
随水而安
随鱼而欢
明天其实并不需要方向

6

真正的饮者
并不贪恋第一杯
他所钟爱的
是最后一滴

是那最后一滴把他送上云端

7

当他枕着朝阳醒来
才发现
裹在身上的

是还在沉睡的原野

8

真正的饮者把今天全部喝下去
明天不过是一只空空空的杯子
装酒
或是装水
都由时辰说了算

9

纵有万顷波涛
还不是沧海一滴？

10

真正的饮者
不是死于液体
不是死于"世人皆醉我独醒"
没有兰花盛开的地方
他坚决不肯倒下

11

烛光摇曳
把窗外的一片雪地照亮
一定是这一杯
才让他明白
最美的诗句
可以不用修辞

12

真正的饮者
没有明天

13

真正的饮者
坐在时间的峭壁上

14

真正的饮者

即使穿着长衫
也是赤条条的一个汉子

15

杯子已醉
酒还醒着
风已停
叶子还在飘扬

16

真正的饮者
并不担心找不到回家的路
因为所有的鱼都是他的船

17

……饮者已死
他的墓碑用液体做成

普罗旺斯情歌

午夜一过时间便是葡萄酒的颜色
在普罗旺斯的葡萄园里
行吟诗人们在梦中轻轻地唱
每一滴露珠里都藏着一首紫色的歌
每一首歌都藏着一滴春天开花的泪
每一滴泪里都有一个南方的故事
每一个故事里都有一滴春天开花的泪
每一滴泪里都藏着一首紫色的歌
行吟诗人们在梦中轻轻地唱
在普罗旺斯的葡萄园里
午夜一过时间便是葡萄酒的颜色

可是,葡萄离酒至少还有三个音节
三个音节有很多路要走
沿途的城堡在夏天里水分最多
而夏天是骑士们恋爱的季节
花在开水在流

薰衣草的气息赤身裸体地躺在剑刃上
斑鸠在盔甲里孵出的尽是公主
水在流花在开
战争像个婴儿似的倚在贵夫人的胸脯上
她们总是在夏天尤其是在夏天的拂晓唱：
有爱情天才会更蓝
有爱情云才会更洁白
当倒酒的声音在粉红的帷幔里荡漾开来

仇恨总是在秋天发芽

薰衣草的芳香被北方的风吹进地中海
远山在寒冷中生长
城堡沿着莱茵河行军

骑士们在踏过万般柔情后抵达北方
骑士们的刀剑在刺穿风雪后抵达敌人的心脏

荣誉在黑色的岩壁上开着小小的白花
血很红莱茵河的水很蓝
当爱情只剩下一段故事在城堡间传扬
当人们发现有一滴泪珠挂在高高的窗台上

午夜一过时间便是葡萄酒的颜色

在普罗旺斯的葡萄园里

行吟诗人们在梦中轻轻地唱

每一滴露珠里都藏着一首紫色的歌

每一首歌都藏着一滴春天开花的泪

每一滴泪里都有一个南方的故事

每一个故事里都有一滴春天开花的泪

每一滴泪里都藏着一首紫色的歌

行吟诗人们在梦中轻轻地唱

在普罗旺斯的葡萄园里

午夜一过时间便是葡萄酒的颜色

威士忌

——爱丁堡街头

红红的玫瑰上的咖啡色的一滴
让整个爱丁堡安静下来

杯沿上还残留着你的笑意
每一片花瓣都是故事
有的在盛开
有的在凋谢

轻轻的一滴，轻轻地
在血和雪之间徘徊

在红红的玫瑰上
一滴咖啡色的露珠
使孤独晶莹剔透起来
轻轻的一滴
总是那么轻轻地

把我的夜晚轻轻地举了起来

whisky,有一个咖啡色的名字
还有一个多情的后缀
花很红,云很白
尼斯湖的水很蓝
我走在爱丁堡的王子大街上
很忧郁,很彭斯①,很 whisky

忧郁
如果是咖啡色的
就很幸福

---

① 彭斯:即苏格兰著名诗人罗伯特·彭斯。在爱丁堡市中心王子大街的一侧,矗立着一座非常雄伟的纪念碑,碑下是诗人罗伯特·彭斯的雕像。

我希望有一所白色的房子

我希望有一所白色的房子
白色的墙壁
白色的窗户
白色的窗纱
白色的楼梯
白色的家具
白色的餐桌
白色的小猫
白色的下午五点钟
花瓶里插一朵红红的玫瑰

我希望有一所白色的房子
我坐在一张白色的椅子上
抬头看一朵白云
从我的门前飞过
低头喝一口
来自普罗旺斯的红酒

瓷 器
——瓷语一

当性感的肉体美到冰凉的程度
所有的欲望纷纷安静下来
当所有的线条成为水的姐妹
在这世界上
我不知道我究竟该爱谁

月光穿过绣着荷花的帷幔照进来
柔柔地
照亮半个乳房
将另一半留给黑暗
轻轻抚摸

充满唯美主义液汁的乳房
永远不会下垂
她哺育的孩子
有一颗凉透了的心

夜,真的很静,很静
轻轻一敲
就发出清脆的回响

当我搂着你入梦乡
我不知道,先碎的
是肉体
还是一颗心

瓷 片
——瓷语二

当你把我的目光划破
我的泪水静静地流淌
鲜红的流淌
把历史的衣襟打湿

当美的线条被剪断
春天在渡口停住了脚步
这满地的花瓣那么尖锐
把 Oscar Wilde 的脚掌戳破

这被打碎了的江南
这被碾碎了的风韵
这被从楼梯上扔下来的嫁娘
而我捡起的只是公元 746 年出生的一个器官

捧着孤零零的一瓣

玫瑰

我要去寻找整个春天

青花瓷
　　——瓷语三

你的火焰永远在零度附近洁白地燃烧

是谁滚烫的子宫把你孕育
又是谁冰冷的乳房把你哺育

我抚摸你的肉体
我吻你的唇
你冷酷的唇

你的火焰永远在零度附近蓝蓝地燃烧

你一丝不挂
在月光中立着
当我走近时
你依然一丝不挂

今夜的月光

七百年前的月光

绕过你的腰身

流过你的臀

你的火焰

永远在零度附近

洁白地

蓝蓝地

燃烧

我无法想象

你划破我的心脏的感觉

你更无法想象

我的欲望划破你肌肤的感觉

而你却一丝不挂地

在月光中立着

让今夜的露珠

凝成你冰凉的汗滴

划过我的肌肤的瓷片
　　——瓷语四

划过我的肌肤的瓷片一路上留下
冰冷的快感的声响

划　过
我　的
肌　肤的
瓷　片
一　路上
留　下
冰　冷的
快　感的
声　响

划
过我
的肌肤

的瓷片一
路上留下冰
冷快感的声响

划过划过划过划过划过划过划过

一路殷红
像有玫瑰从路上走过

卷四

唯美主义的半径

Book IV Semidiameter of Aestheticism

大地上金黄的油菜花

春天里芬芳的地图

地图上

住着蜜蜂和池塘

和池塘里洁白的云朵

和把云朵拆散的小鱼

和小鱼心中比小鱼还小的欢乐

——《有油菜花盛开的春天》

唯美主义的半径

1

花,是一个很性感的意象
注定会被写进诗中

2

你用洁白的床单裹着身体
让我看不见你胸前的红玫瑰

3

而你黑色的长发
把夜晚流淌成千万条河流
流进形容词的沙漠

4

不是风吹动了花瓣
是花瓣把风唤醒

5

不是花瓣谢了
是她和小草有一个约会

6

至于那花瓣上的一滴露
那是四月的奶

7

树
用叶子呼吸
用花朵微笑
用根系思考

用它的阴凉
把我们的故事笼罩

8

当芬芳挡住时针的脚步
秒针因为一朵花犹豫不决

9

而花园
在醒着的时候睡了
在睡着的时候醒了

10

教堂的钟声
一瓣
两瓣

11

黄昏的雨
三点
四点

玫瑰有条漂亮的裙子

1

玫瑰有条漂亮的裙子
她的直径
是欲望的半径

2

我的心有个伤口
伤口在夜间流血
流出黎明

3

明天就在窗帘的后面
窗帘的后面什么也没有

4

我走了很远的路
才来到一座叫"孤独"的城堡

我走了很远的路
只为写下一行诗歌

5

孤独其实是一种花
很美
很高贵
买得起
养不起

6

小鸟的歌声总是很准时
像座会下蛋的电台

7

沙漠上的美很干燥
我们的确不用"水灵灵"形容木乃伊

8

落霞与孤鹜齐飞
飞去的
其实是诗人的情人

9

酒,有一副水的面庞
莞尔一笑
便有个小酒窝

10

酒,穿着一条水的裤子
走在原野上

左腿比右腿长3厘米

11

阴影所犯下的罪行
都记在光明的身上

12

夜晚翻书的声音
你站在拜占庭都能听到

13

诗人说
语言在春天开花
在秋天落叶
冬天，那漫天飞舞的
不是语言
因为它一落在语言上
就融化了

14

盗贼敲开炼狱的大门时
最怕遇到但丁

15

醉汉并不关心家门
因为他总是敲着杯子的周边
希望找到一个进入的地方

16

虽然艾青说酒是液体的火
但你把香烟插入酒中它总是熄灭

17

漫漫长夜是一条长廊呀
是你走完了这条长廊
还是长廊自我消失了呢?

18

而朝阳与夕阳
虽然容貌相似
却被分别命名为"孩子"和"老人"

19

语言最狡猾
不是狐狸

20

最美的是语言
不是情人
情人是语言授的精

21

情人从旋转楼梯上走下来
如倒计时

22

"忧郁"的爬山虎
在语言的山墙上往上爬,爬

23

人生
是喝掉的茶
还是喝剩的茶叶?

24

影子是哲学的盲区
但它在美学那里混饭吃

25

卑鄙者和高尚者一起进了电梯
电,把他们一齐送到很高的地方

26

你能回得去吗
五点钟已经不在那里了

27

公园其实是个妓女

28

让我们在这条石凳上坐下来吧
好好谈谈站着的事

29

酒让神经通电
灵感的灯泡全亮了

30

只见旅行者从地图上走下来

身上的汗臭很具体

31

玫瑰有条漂亮的裙子
裙子穿在女人的身上
飘在男人的脸上

我从白色的楼梯上走下来

午夜时分
我从白色的楼梯上走下来
楼梯上洒满烛光的状语

楼梯有三种转折
但红酒只有一种温度

躺在红酒的怀里
我的血液被银器盛着
我血液的温度
又岂能是银器的温度?

月光透过花园照进来
越过红酒的肩头
照在红酒的怀里

黄昏时分的红酒是一种身材

午夜时分的红酒是另一种身材
不是红酒让我醉成这样
是红酒的身材

红酒的身材用天鹅绒做成
她的微笑
在银器上发着午夜的光
可我怎样才能挣脱红酒的怀抱
走过那段白色的楼梯
回归黑暗的词根?

阴影也是阳光的一种

其实，阴影也是阳光的一种
所谓先知，就是
将长长的身影铺在道路上的人

长长的身影往往是夸张了的阳光
先知用身影向人子宣讲箴言
让他们在看不见阳光的地方目眩

就是说
地狱和天堂使用的是同一种货币
通向山顶的路也是通向山脚的路

其实，上帝是个便衣
他混杂在上车的人群中

无论诅咒还是赞美
都是写在火焰上的水

忧郁的瓷

忧郁的瓷
在午夜时分
发出清凉的光
用牛奶的线条
把夜晚抱在怀里

忧郁的瓷
缓步走在旋转楼梯上
途经小窗
看见了月亮

忧郁的瓷
在午夜时分
读着时钟上的数字
如读一朵朵红红的玫瑰

忧郁的瓷

在午夜时分喝着咖啡
她的血管里
流淌着一些棕色的妹妹

忧郁的瓷
有一颗滚烫又冰凉的心
她的心跳
只有月光才能听见

忧郁的瓷
在午夜时分
坐在烛光的怀里
烛光坐在夜晚的怀里

词语的光

词语的光
在雪的卵巢里
用它透明的手
托着小火苗

金属的光
郁金香的光
水的光
不用翻译的光

雪,用她晶莹的欲望舞蹈
你可以看见她的卵巢
卵巢里的语词
语词上的光

分娩发生在一个披着纱巾的早晨
第一个音节被一条独木舟带走

第二个音节成为 robin 鸟的早餐
第三个音节走在条件句的独木桥上

那些北方城堡顷刻间被堕落的妇人出卖
太阳顷刻间把五个省份同时照亮
旗帜在飘扬
副词的羽毛
修饰了整个原野及其原野上的水

词语的光从一张白纸上冉冉升起

阳光下

阳光下
我播种马群
播种冰河嘎嘎的解冻声
播种春天如播种一部芳香的词典

太阳
用它的剑明晃晃地刺透我的身体
又明晃晃地拔出来
好痛快
好透明的痛快

好透明的痛快啊

可我已没有血可流
我的伤口里
只能流出月光

迷 失

1

在我用语言建筑的迷宫里
我首先迷失

请跟我一起迷失吧

2

叶子是树的语言
季节是叶子的语法
花朵是树的修辞

我只在冬天写诗
就不用修辞了

3

落叶，落叶
我该叫你老人还是孩子

4

春天的长腿女人
一蹦就蹦过了村前的那条小河
口袋里的花朵
落了一地
在河滩上

5

听着雨声入眠
我想听出
哪一滴是我

看着满天星辰
我更想知道
哪一颗不是你

6

一支香烟可以把诗人点着
一杯酒却不能把泪水点燃

7

有济慈
花就能盛开

有酒
夜晚就有了个像样的名字

有女人
地球的转速就很均匀

有我
孤独就有了个像样的家

8

我的家中有四个客人

一支蜡烛
一杯酒
一朵玫瑰
一位孤独

9

风起了
把我的家从草原的这头吹到那头
把我的家从草原的那头吹到这头

10

我的故事上开满窗户

从窗户进来的
第一个是风
第二个是情人

11

我从什么地方来

我的财宝藏在秋天的最后一个音节里

12

是的，我的酒杯很透明
你一眼就能看出我的血的颜色

13

当雪花划破我的心
当洁白划破我的爱
当月亮从我的杯子里升上来

我在草原上静静地睡去　像个赤条条的陈述句

失　眠

猫一连吃下好几串密码
消化不良
肚子里有许多很不成熟的晚霞

思想漏水
逻辑打滑
台阶语无伦次

从床的左侧到床的右侧
是一些不断变化的风景
从床的右侧到床的左侧
是一些风景在不断变化

把凌晨三点钟放在嘴里细嚼
吐出来的依然不是曙光

没有东

没有西

没有季节
只有时间

没有风
只有吹动

没有我
只有呼吸

没有爱情
只有爱情的草稿

没有彩虹
我的血液在一张黑白照片的原野上流淌　如一条睡不着的河

戏　子

我香气四溢
我妩媚动人

我是个戏子
灯光把我和我的胸脯
放在托盘里
端了进来

我唱了一个晚上
赢得一堆粉红的硬币
这些从树上摘下来的金子
有的是真的
有的是假的

劝君听我歌一曲
我把乙醇里的暗礁熔化掉
我香气四溢

我妩媚动人
我用短裙
把你眼角的那滴泪
轻轻擦掉

但擦干的是水
是泪
就永远无法擦干

我歌
我舞
我像个身世不明的天鹅
我唱
我笑
像一堆被交流电带动的粉红

我是个戏子啊
一个能歌善舞的动词
你的心情
我的时态

我香气四溢

我妩媚动人

我把自己掏空

把夜晚的空虚填满

你把我掏空

我所以丰满

你把我填满

我所以空虚

你把我掏空

我依然丰满

我被你填满

你依然空虚

我香气四溢

我妩媚动人

我是波旁大街上的一片叶子

被东风吹到了西头

被西风吹到了东头

在你把我修饰的时候

我修饰了你

在我把你修饰的时候
你把我掏空

但我依然香气四溢
但我依然妩媚动人

可我只是个戏子啊
一堆被编了号的肉
我把我的明天唱了出来
我的明天在我的歌声里陨落下去

我的心中有云
我的云并不下雨
千万别说我是一颗星星
我只是一个有轨迹的陨石

我香气四溢
我妩媚动人
我冷酷无情
我只是个戏子
我在夜晚出生
我在夜晚死去

我在夜晚死去
所以
我香气四溢
我妩媚动人

请原谅
我只是个戏子
一张穿着短裙的唱片

要有春天就有春天
短裙上的青草
在灯光下发芽
我的明天
已在前天开花

我是个戏子
但千万不要说我是个戏子
因为我哺育了夜晚
夜晚因为我有了温度

春天的远足

1

这是春天的第一个夜晚
六分像夜晚
四分像春天

2

二月春风的剪刀
把我的风衣
剪裁得如此忧伤

3

我们沿着艾文河一直向前走
让小花们
在我们的前面走着

在我们的后面跟着

4

在上次舞会上认识的那朵水仙
已经学会在水边照镜子

5

花园在清晨醒来
并把所有的孩子从床上赶了起来

6

风带来的一切
被风带走

被风带走的一切
风并没有都带回来

7

清晨,露珠的元音
透明,若夜莺的卵

8

八点钟的阳光透过树叶洒在林地上
像一幅等待九点钟修改的草图

9

小鸟的歌声穿过窗帘传进来
但窗帘上并没有留下痕迹

10

清晨的小路刚从梦中醒来
看她弯弯曲曲的样子
像是又要寻找另一个梦境

11

风吹
叶动

风不吹
叶也动

12

村前的那座小桥太窄
我终于明白
为什么今年的春天三次从桥上经过
都没有成功

吹口哨的人

吹口哨的人
心中有一朵云
他吹着口哨
从这个山冈
走到那个山冈

没有人听懂他吹的曲调
因为他心中有一朵云
他独自吹着
仿佛口哨也在吹他

从这个山冈
到那个山冈
口哨声填平了山谷
风吹草动
口哨声把天空轻轻托起

仿佛口哨也在吹他

从这个山冈

到那个山冈

吹口哨的人终于消逝在原野上

但口哨声仍在回荡

仿佛人死后

爱情故事仍在传扬

王尔德笔记

花是真实的
露水是假的

露水是真实的
塑料是假的

塑料是真实的
歌颂是假的

歌颂是真实的
春天是假的

春天是真实的
女人是假的

女人是真实的
做爱是假的

做爱是真实的
男人是假的

男人是真实的
床是假的

床是真实的
理式是假的

理式是真实的
柏拉图是假的

假设是真实的

……让我想想
还有什么是假的

抽象玫瑰

盛开的过程
一共 45 页

大家最喜欢她的乳房
上的一滴淡蓝的露珠

作为状语的春雨
落在一条翠绿的纬线上

不在时间的表层盛开
却幸福了感官的大好河山

很美
很晦涩

风是译文
雨是脚注

阳光如此美丽

阳光如此美丽
地上所有的战士
全部放下了兵器

阳光如此美丽
足足有一整天
我都没有做悲观主义者

阳光如此美丽
战场上的雏菊
异口同声地盛开

刀上只剩下最后一滴泪
泪中是一粒摄氏 23 度的太阳

雨后的花园里……

雨后的花园里
开出一片淡蓝色的小花
她们用淡蓝的小喇叭
把淡淡的忧伤蓝蓝地吹响

忧伤其实是一个很优美的句子
尤其当她是淡蓝色的

雨后的花园里
开出一片淡蓝的小花
她们用淡蓝的小喇叭
把蓝蓝的忧伤淡淡地吹响

我读雨后的花园
如读一本马拉美诗选

牵牛花的歌声

牵牛花,清晨五点半起床
提着一篮子的香气
走过六点钟的梯子
坐在七点钟的窗台上
让阳光把自己的小脸照亮

她的小裙子在风中飘扬
就这样
她坐在窗前唱
唱她夜里写下的
三首淡蓝的歌

她的歌声很柔又很轻
轻得只有远方才会听见

她唱给蜜蜂听
也唱给蜜蜂的影子听

……最好的歌只能唱一遍
最美的歌一定要耗尽生命

歌，唱完了
生命就结束了

看着这具芳香的小尸体
我仿佛觉得，她还在唱

考文垂郊外的春天

1

满园春色关不住
关住的是冬天的仇恨
和一只太肥的猫

2

数花朵的人
数着数着睡着了

数花朵的人睡着了
在梦中数星星

3

我们永远不知道

种子在泥土深处
是怎么样想的

当一粒嫩芽破土而出
它的眼神却总是那么
天真

4

不管你从哪个方向来
你都是走在风中

当你遇见一条小河
你会禁不住大声喊出
对岸一棵雏菊的名字

5

花园的东南角
有一座红色的房子
房子上爬满常春藤
像几百个纠缠在一起的状语从句

6

就这样
在考文垂
在郊外的纪念公园
在一条小路的尽头
我坦然睡去
睡成一片绿茵茵的草地

虽然一棵大树
把长长的影子压在我的身上
但我并没有感觉到它的重量

走在秋天的花园里

走在秋天的花园里
一片叶子落在我的脚边
这秋天的第一片落叶
像一个受伤的元音
给夏天唱安魂曲

从北方来的风
把花园关上的门又推开
花瓣睡在秋千上
风把它们冻醒
冻醒后又睡着

花园也想到河的那边去
但花园的脚是粉红的
粉红的脚不便走路
只能看对岸的两棵柳树
在秋风中恋爱

走在秋天的花园里

没有 daffodils

没有从泥土里爬出来的鹅黄

风用冰凉的手指把花园轻轻捧起

读她脸上曾经的美丽

有油菜花盛开的春天

大地上金黄的油菜花
春天里芬芳的地图
地图上
住着蜜蜂和池塘
和池塘里洁白的云朵
和把云朵拆散的小鱼
和小鱼心中比小鱼还小的欢乐

山——
先被涂成绿色
后来又被涂成鹅黄

这些又小又嫩的花
居然能爬到高高的山岗上
他们爬上高高的山岗
居然一点也不气喘

我住在水边
油菜花住在对岸
坐船，渡河
为的是看一眼
那张粉嫩粉嫩的脸

我用石头敲打空山的空

空山的空在空山中空着
一串鸟鸣声空着肚子
宣扬着空洞的回声
多么动听,多么美妙
叫了也是白叫
空山的空在空山中空着

〔我用石头在空山的空上敲了一下
一道冰冷的轨迹
给山中带来一丝温馨
——一流冷涧
像一道乳水
滋润着无边的寂寂〕

流水的水在水流中流着
把空山的空流走
把流萤的萤流走

月亮的行囊破了
散下了许多碎银子
流水的流在水流中流着

孤独有一张美丽的面孔

孤独有一张美丽的面孔
倒映在水中
像一朵水仙花
呢喃着水中的天空

天空流经之处
皆有河岸钳制
致使天空不能自由散漫

孤独有条不紊地流淌着

她的脸上刻着苍老的年轻
她的皱纹青翠欲滴
她流淌在阳光下面

桥梁交流着此岸和彼岸的绝望
一叶轻舟

像个失败的劝说者
航行在美丽的面孔上

也只有痛苦的美才能蚕食远方

一个精神病患者的夜晚

突然
一只手
从茶杯中
伸——出——来
揪住我的胡须
我看见大海
就在我的桌子上
门——缓缓地——开了
我月光似的走出去
发现——
门外——一个人——也没有

沙漠从门边狞笑而去

我转过身来
那笑声
将我的后背烧出一个窟窿

我的心脏
看见了远处的惨象
我的眼睛没有看见

眼睛看见对面的墙
上的一幅地图
里的山区
中的夜色
下的女山鬼
唱歌

一缕孩子的白发
从歌声里垂下来
鲜血
从夜色中
从山区
从地图上滴下来
滴在茶杯里
被一只手撕碎
一声惨叫
不满三岁

我伸出手
（右手比左手长出了一尺）
我伸出右手
将自己举在空中
但我找不到一个合适的地方
将自己放下

不小心我走进了一幅油画

当清晨漫过河堤
不小心
我走进了一幅油画
我被挂到了墙上

我迷失于
一条小路
小路迷失
在一片 16 世纪的白雾中

夜莺的歌声
从雾的深处传来
只要你不把油画翻转过去
你就能听见夜莺在不停地唱

并看见被挂在墙上的迷雾
和迷失在雾中的我

一堵墙从我的体内砌了过去

一堵墙从我的体内砌了过去
像一条河将我分隔在两岸
我站在河的两边
呼唤我的另一半名字

我握着半个灯光
我拥着半个女人
我看见半个太阳行于天空
半只狼追赶着我的半个躯体

浪花呀,你们这些长方体的坚硬
在我和我之间竖起了一块墓碑
风在墓碑上刻下一行小字——
一半已经死去,一半还活着

世界啊,让我用一只眼睛打量你
花朵啊,让我用一只手抚摸你

未来啊，让我用半个生命陪葬你
道路啊，让我用一条腿丈量你的尊严

那堵墙在我的体内尖锐起来
墙的两侧各走着半条裤子
半支香烟在半个肺上写着半个黑字
半个伤口在风中结结巴巴

我行走
墙也行走
我看见前方有半条裙子在燃烧
燃烧了一半

半个灰烬
也叫灰烬

电影在四点钟开始三点钟结束

电影在四点钟开始
在三点钟结束

楼梯在上升的时候
下了地狱

F 从塔尖上跳下
升了天堂

渔翁被鱼吞下时
主语变成了宾语

那些花其实没有开
是你的心情在开

那些故事都是假的
那些情节才是真的

人并没有把酒喝下去
是酒把那些人的夜晚叫到了别处

不是人把香烟变成了灰烬
是香烟把时间变成了灰烬

不是你读懂了我的诗歌
是我读懂了夜的秘密

不是黄昏给我带来了一个夜晚
是我给夜晚带来了一个黎明

不是所有的堕落都是上升
我在上升时堕落

那些春天其实并没有来过
是那些春天离我们去了

那些情节都是假的
是故事被一个真实的人讲过

爱情在五点钟登台
在四点钟谢幕

一个把忧伤描绘得无限美丽的人

一个把忧伤描绘得无限美丽的人
上帝一定会宽恕他

每当我走过考文垂郊外的纪念公园
我的脚步总会被那无名的小花唤住
是的,电台里说,已经是春天了
他们告诉我说,我的忧伤青翠欲滴漫山遍野
一直伸展到艾汶河的那一边
终于被沃里克城堡挡住去路

一个把忧伤描绘得无限美丽的人
可以飞行在天使的行列中
当我坠落
轨迹洁白如忧伤
忧伤如梨花在东方的一声叹息

卷五

西茉纳和小爱人

Book V Simone and the Bonnie Lass

月亮爬上沙滩的时候

小爱人便盛开了

她盛开在巴伐利亚的峭壁上

要多黯淡有多黯淡

要多艳丽有多艳丽

她穿着不押韵的裙子

她用泉水的声音走路

——《小爱人》（之四）

西茉纳之歌（51首选9）

春天

西茉纳，又是春天了

我知道，你躲藏在每一朵鲜花里

西茉纳，你为什么不来见我

我的口袋都装满了鲜花

我采不完这里的花朵

她们已从我的口袋里溢出来

西茉纳，你为什么不来见我

我知道，你躲藏在每一朵鲜花里

西茉纳，又是春天了

百鸟的歌声

已浸透在你的芳香里

你应该看见

所有的冰河

都在我的血管里解冻了

我等你到河边来

我等你到水中去

我等你到水的深处去

西茉纳，又是春天了

所有的冰河

都在我的血管里解冻了

我要带你渡过河去

我要带你到高处去

我要带你到丛林里来

西茉纳，你为什么不来见我

我知道，你躲藏在每一朵鲜花里

女子

西茉纳是水的女儿

她顺着阳光的血管

流进我的体内

西茉纳是个透明的女子

西茉纳从海上归来

她回来的夜晚

空中就飘满月光
西茉纳是个伤心的女子

西茉纳的脚轻如雾
她的歌声给村子里带来静谧
她的歌声从一朵花里传出来
西茉纳是个神秘的女子

西茉纳的微笑
让每一块石头无限幸福
风筝驮着她的微笑飞向另一个国度
西茉纳是个美丽的女子

人人都知道西茉纳
小猫咪舔着她的脚印
一直追到悬崖的边上
西茉纳是个可爱的女子

西茉纳走了
人们才知道西茉纳来过
村子里的人们传颂着她的名字
但谁也没见过西茉纳

流浪

西茉纳,让我们在丛林里流浪
这里没有人认识我们
我们要在丛林里迷路
连我们自己都不再认识自己
西茉纳,流浪就是我们的家

我们的家骑在一匹马上
我们的家行进在天空下面
我们的家穿过了许多丛林
西茉纳,流浪就是我们温暖的家

太阳从我们的家中升起
又落进我们的家中
西茉纳,月亮就在我们房子的中央
我们在月亮的旁边坐下
在月亮上放满晚餐

那些食物中的星星
是我们的盐
紫罗兰的芳香

是我们唯一的家具

西茉纳，流浪就是我们的家

我们的家骑在一匹马上

我们的家行进在天空下面

生病

西茉纳，你的国王病了

他躺在床上

似一片从树上落下的叶子

风将他从床的这头吹到那头

风将他从床的这边吹到那边

西茉纳，你的国王病了

你的国王病了，西茉纳

他的眼睛

像干枯的池塘

池塘里的鱼群

像远离阳光的石竹花

你的国王病了，西茉纳

西茉纳，你的国王病了
夜晚从虚弱的窗户照进来
照在一张落叶上
照在干枯的池塘里
照见鱼群像远离阳光的石竹花
西茉纳，你的国王病了

你的国王病了……西茉纳
他躺在荒凉的宫殿里呻吟着你的名字
你便从神秘的地方回来
与夜晚一起照进来
西茉纳……你回来了

叶子变绿了
叶子又回到了树上
池塘里甘甜的碧水又露出笑容
鱼群又开始游动了
像花朵重新微笑
西茉纳，你的国王……病好了

等待

西茉纳,叶子把路都覆盖了
你没有来
我日益陨落的身体
已支撑不起这个季节的光芒
叶子把路都覆盖了
你没有来,西茉纳

西茉纳,寒冷
在一步一步地靠近那些石楠花
我只看见你在我看不见的地方
用你的裙裾
拖曳着草地上的芳香
那些草柔驯地低下头来
让你的美丽
照亮她们鹅黄的羞惭
西茉纳,寒冷
在一步一步地靠近那些石楠花

世界将在你的温暖里活下去,西茉纳
你从太阳沉没的地方升起来

拥着那些小树到山上去
一条不朽的路
在你的歌声里闪着迷人的光芒
西茉纳,世界将在你的温暖里活下去

叶子把路都覆盖了
你一点也不知道
你没有来
叶子把路都覆盖了

新娘

西茉纳,这是怎样的夜晚呵
我已用我的忧伤
装饰了我的房子
我像个流浪的国王
枕着一颗露珠
等待你从空中降临
将我的高贵照亮

西茉纳,这是怎样的夜晚呵
我用一颗星星

解释你的晶莹
从这扇窗户
我看到了我从来没有见过的星星
她们只是你的妹妹
西茉纳,那些星星中没有你

我已用我的忧伤
装饰了我的房子
像个忧伤的国王
统治着一晚温柔

等待一颗星星
像等待一个最迷人的新娘
等待一个新娘
像等待一颗最明亮的星星

西茉纳,那些星星中没有你
我从这扇窗户望去
我已用我的忧伤
装饰了我的房子

相见

西茉纳,我们五百年相见一次
我们从遥远的地方赶来
在阳光中匆匆地相遇
匆匆的一吻
将温暖五百个冬天

西茉纳,我们五百年相见一次
你永远像花一样年轻
我永远像树一样苍老
你的年轻顺流而下
我的苍老逆流而上

西茉纳,我们五百年相见一次
这就够了,天上有云
只要你站在云的下面
我就不回去
看你怎样变成云,云怎样变成你

西茉纳,我们五百年相见一次
极其简单地笑笑

阳光便永远记住了我们

所有的幸福

随风飘来，又随风飘去

山谷

西茉纳，你唱着穿过了鲜花的山谷

你的歌声是你脸庞的模样

你的歌声是你微笑的模样

你的歌声是你泪水的模样

你的歌声是三色堇的模样

你的歌声是紫罗兰的模样

西茉纳，你唱着穿过了鲜花的山谷

西茉纳，你唱着穿过了鲜花的山谷

山谷在你的歌声里蜿蜒蠕动

歌声里的羽毛，歌声里的雨声

歌声里的星星，歌声里的孩子

歌声里的芬芳，歌声里的天空

落满了路上的石头

西茉纳，你唱着穿过了鲜花的山谷

西茉纳,你唱着穿过了鲜花的山谷
溪水在你的歌声里流淌
羚羊在你的歌声里长大
西茉纳,在你的歌声里
月亮不再落下,太阳不再升起
你唱着穿过了鲜花的山谷
春天和我手挽着手在山谷的另一头等你

雪天

西茉纳,大雪把小路冻僵了
你的脚印像温暖一样
从远方回家
家在雪中
雪在风中
风在你的脚印里,西茉纳

孩子们躲在家里
学会热爱冬天
雪落不到孩子脸上
你的脚印走在回家的路上

西茉纳，大雪把小路冻僵了
河水也走不动了
雪让世界不再匆忙
一切都白了
一切都好了

西茉纳，你的面颊
像两片温暖的雪花
在风中微红着
温暖的雪花
温暖着山顶上的小木屋

小爱人（6首选5）

小爱人（之二）

你总是在深夜的时候降临

满怀月光

用不合逻辑的方式

推开门并与水告别

你总是用你的小阴谋照亮我的屋子

我总是用微笑拒绝你的微笑

告诉你

你走的时候海来过

海来的时候风却要离去

我们尝试着在哲学上坐下

打开无线电

里面传来星光的声音

我们轻声唱着

唱一条小河

和另一条小河相爱的故事
唱春天怎样翻山越岭
去寻找那些走散的村庄

夜很深了
你的双唇散发出草原的气息
我一下子就读懂了你的双唇
但你的秀发
我只能拼读其中的一部分

小爱人（之三）

小爱人，小爱人
隔着一片林子
我可以猜出你的年纪
小爱人，别瞒我
你已经到了我门前桑树的年龄
可你为什么总站在河的对岸
看我从高处下来
又看我离水而去
你为什么总在河边站着
小爱人，小爱人

你别在远处叹息

南风会在你的身上写满音符

鱼群会将你的倒影带到另一个国度

你的故事会随着雪花降临草原

你的美丽凡是懂事的云都会记住

可你还是在风中站着

站成风的一部分

但我知道

你会悄悄地走过来

在我的耳边用很小的声音

告诉我一个很大秘密

呵，小爱人，小爱人

小爱人（之四）

月亮爬上沙滩的时候

小爱人便盛开了

她盛开在巴伐利亚的峭壁上

要多黯淡有多黯淡

要多艳丽有多艳丽

她穿着不押韵的裙子

她用泉水的声音走路

她不会叹息

她的眼泪

五百年流一次

她是女王

或者不是女王

她有许多宫殿

但没有家

她的宫殿砌在花蕊上

她的手臂

是小溪绕过山脚的那一部分

要多爱有多爱

叶子是她的单词

森林是她的词典

山风是她的家具

鸟鸣是她的早点

她一睁开眼睛

天空便星星起来

她说:"月亮,你再高一点"
月亮便爬上了树梢

小爱人(之五)

小爱人已经到了开花的年纪
她更喜欢用篮子提露水
在花园里用露水浇她的小伙伴
青青的藤萝
总是先从她的手臂上爬过
才肯爬上墙头
用米黄的花朵
把小梦吹响

下午三点钟的阳光
是她约来的羊群
她把热气呵玻璃上
呵成一片毛茸茸的草原
在草原上放牧她的羊群

要有草原就有了草原

要有羊群就有了羊群

小爱人已经到了开花的年纪
可她还是个爱嬉闹的孩子
还不知道红色加蓝色等于几
只知道秋风乘以落叶等于雪花
唉,小爱人,小爱人
你的微笑什么时候才能结出果实

你为什么总爱用夜莺的歌声编织你的睡衣
你为什么总爱捡拾林子里那些树叶的影子
玛丽湾的浪花已经盛开了
春天离村子只有一百步了
你为什么还要让蓝雾在你前面走
你只是在后面轻轻地跟着

小爱人已经到了开花的年纪
海那边的杜鹃也已经知道了
小爱人没有开花
白云又怎么发芽
如今小爱人已经到了开花的年纪
月亮的眼中

已蓄满莹莹的银子
小爱人，小爱人
四月除以五月等于一座跳舞的花园
汤姆山已经走进玛丽湾
你为何还在捡拾黄桷树的
小影子，小影子

小爱人（之六）

小爱人
你被海盗掳去的那天晚上
一举成为新娘
一场婚礼
征服了北大西洋上的所有风暴
那是一月的天气
北半球的乞丐们
在用雪花做通心粉

在寒冷的天气里
婚礼总是茁壮成长
小爱人，你被征服了
所以你是征服者

海盗船喝醉了酒
载着你的骄傲
撞向冰山死去又活来

那时
只听见合唱队在唱——

爱情是抢来的
幸福是从天上掉下来的
明天是没有的
小爱人是世界上最美丽的

来自波尔多的葡萄酒
把幸福的蜡烛点燃
没有上帝
没有天使
只有信天翁在唱
——小爱人，小爱人
世界上最美的小爱人

水的女儿（5首）

水中的诞生
——水的女儿（之一）

阿巧，风说你诞生在水边
当我来到河边时
我只发现你的叹息
在一块石头上
像一件潮湿的莲花裙
洗衣的村姑
已被大水带走

大水汤汤淹坏了一万年
我走在好阳光中
日夜思念水中的诞生
阿巧，水的方向
注定了爱情的命运

没有水的季节

爱情真不容易

阿巧，水是你的头发

是你的叹息

水是你的脚印

你的腰身

阿巧，你诞生在水边

这注定了我们的家

是一只船

在爱情的怀抱中

春去秋来

水意
——水的女儿（之二）

芳林像湖水的梦影

将夕阳的绸衫

撕成夜风中惆怅的彩旗

我听见水的手指

轻轻抚摩着夜的裸足

夜晚在林子里行走

把水的柔情
告诉远方

夜晚的静谧
传播着水的来历
阿巧,你的心思与水有关
我的叹息
使水不得安宁

离梦很远
离水很近
飞行了千万年的星光
今夜陨落在你的怀抱
溅起一大片忧伤
打湿了沙漠
离水很远
离梦很近

风在河边喝水
  ——水的女儿(之三)

阿巧,风在河边喝水

喝我们的倒影
喝我们水中的吻

黄昏像一个大瓷器
注满了正在恋爱的水
盛着两条不回家的鱼

河水，拨开水草
向远处流去，不说一句话
阿巧，你的手真冷
我握着你的手
像掬起一捧腊月十五的河水

水快把黄昏蚕食尽了
你的泪滴仍悬在风中
照耀河流
拨开水草
向远处流去，不说一句话

风仍在河边喝水
喝掉我们水中的倒影
喝进了我们的好时光

水中的等待
　　——水的女儿（之四）

阿巧，你真的在水中等我
云落在山上
船系在岸上
你真的在水中等我
花开在树上
鸟栖在巢中
阿巧，你真的在水中等我
等我回到水中
像个安得路西亚的水手

房子是水
桌子是水
晚餐是水
你的吻是水
阿巧，你在水的深处
等我回家

我从沙漠上回来
敲响我们的家门

敲响水
水是我们的家
水是我们的床
水是我们的睡眠
水是我们的夜晚

……阿巧,夜晚又回来了
像月光在一片叶子上醒来
河岸如夜的嘴唇
倾诉着夜晚透明的秘密
河床上流动着今夜的河水
流动着
你和我

水无边
　　——水的女儿(之五)

阿巧,水无边
说尽了春天的种种

水无边
爱情该怎样渡过水去

大船满载着黑夜
穿过了阳光
阿巧,水无边
你亚麻色的头发
为何还不垂落下来

阿巧,用你的小拳头
捶打我眼中的冬天
像水一样
像水一样彻底。无力

水无边
运走了我们的好时光
帆影阑珊
与爱情擦肩而过
阿巧,你亚麻色的头发
为何还不垂落下来

水无边
春天该怎样渡过水来
大船满载着阳光
穿过了黑夜

苏格兰恋歌（6首选3）

郊外的花园
　　——苏格兰恋歌之二

花园里安静极了
下午的阳光像位牙齿脱尽了的老夫人
用晚钟的余韵对我们微笑
那微笑
比经院主义哲学还要深奥

是的，谁能明白阳光的心思
更何况这是郊外的花园
更何况我们的花园那么小
更何况
我们的叹息只遵循花的逻辑

每朵花都有自己的心思
就像我们在读不同的书

你说你只喜欢维多利亚时代的花园

我说只要有花园你就，你就很维多利亚

你说只要不孤单总有花儿愿意为我们盛开

我说只要有花儿愿意为我们盛开你就是最大的美丽

忽然，一片 yew tree 的叶子落在你的眉心

我知道又是五点钟了

老夫人已经悄悄地走了

钟声仍在晾衣绳上晃荡

郊外的花园没有几辆马车知道

郊外的花园总是这样平凡

五十年前是这样

五十年后还是这样

四月是我们衣食无忧的季节
——苏格兰恋歌之四

四月是我们衣食无忧的季节

因为树林里所有的鸟儿都开始歌唱

它们用歌声编织着西风的网

让所有的花的队伍跟随黄水仙白水仙

四月是我们衣食无忧的季节
因为夜莺们起得比露珠还早
时间的翼越来越薄
就连钟声也一声是红的一声是绿的

四月是我们衣食无忧的季节
风笛在旷野上拔节,旷野变成了格子呢
是的,彭斯的后代们都是玫瑰们生的
毛茸茸的山羊,毛茸茸的音符

四月是我们衣食无忧的季节
钟声里有小鸟们的歌唱
小鸟的歌唱里有流水潺潺
你笑一笑,太阳便高过了有尖顶的教堂

你终于从阿灵顿回来了
　　——苏格兰恋歌之六

你终于从阿灵顿回来了
身上挂着三片北方的雪花
你终于从阿灵顿回来了

回来看我

看我还有壁炉里去年生的火

你终于从阿灵顿回来了

火光依旧照在多恩的诗集上

诗集依旧翻在 136 页上

136 页上依旧是泰晤士南岸的忧伤

你终于从阿灵顿回来了

回来看我

我依然坐在壁炉边

眼里依旧噙着

去年的泪花

纯　情

你美得让云流泪
你的目光所触及的地方
鲜花开放了

你走出那片荒山
一些多情的石头
背叛了山的家族
依恋地跟在你的身后
你缓缓地回过头去
轻轻地微笑了一下
它们便成了精美的雕像

你扬起头
向北方走去
原野上便吹起温柔的南风
你缓缓地朝我走来
走到我的面前

仰望着悲哀的我

我的泪水
滴到你光洁的脸上
变成珍珠

紫丁香

我和丁香相识在黄昏
黄昏是我永远的节日
小小的丁香
你用紫色唤我的名字
我该怎样乘着夜的小船
驶向黎明

黎明在蚌壳里欲吐又止，月光
穿过你的身体照在我的身上
更叫月光
我要用星星的纽扣扣住夜晚，令
夜莺歌唱
晓风不兴
让你一遍又一遍地唤我的名字
用紫色

小小的丁香

我们相识在黄昏

黄昏是花香出发的地方

宿鸟归巢

好梦上路

可你的眼中为何噙满泪水

别怕！天上刚走过的不过是一个

彗星，正去热那亚赴他情人的约会

夜色弥漫

弥漫着十二个王朝的恩恩怨怨

我用幸福统治夜晚芬芳四溢

你用紫色统治我幸福大无边

小小的丁香

清芬的暴君

那乳白的雾是谁的裙裳

你用紫色对我嫣然一笑

小小的丁香

紫色的女王

夜莺已在大地上铺下眠床

济慈在十九世纪的渡船上等我们同去

鸟在巢中

鱼在水底
丁香一遍又一遍地抚摸我
用紫色

我和丁香分别在黎明
黎明是我永远的坟墓
小小的丁香
你用紫色唤我的名字
我该怎样乘着白天的大车
驶向黄昏

丁香女子

一个叫丁香的女子
在海的那边呼唤我的名字
春雨打湿了她的长发
微风吹伤了她的裙裾
洁白的音韵像片片云朵
把大海装点得格外忧伤

海浪卷走了夕阳的余晖
一个叫丁香的女子
在海的那边呼唤我的名字
她的胸中荡漾着春水
她的唇上开满了鲜花
没有一滴露珠不是为她而落下

夜莺的歌声湿润了星星的眼睛
幼小的菩提树在泪水中轻轻走动
一个叫丁香的女子

在海的那边呼唤我的名字
她把小手放在玫瑰上
她把目光靠在风帆上

呼唤的羽毛落满了海面
海水无力着无边的忧伤
忧伤温柔了水底的礁石
一个叫丁香的女子
在海的那边呼唤我的名字
我的每一根黑发都在倾听

我把一个个惆怅的脚印交给海浪
去寻找那片开满丁香的海岸
海风是我心灵的歌声
鸥群是我热情的歌词
一个叫丁香的女子
在海的那边呼唤我的名字

朗诵一个人

那天,我站在河边
朗诵一个人
朗诵她的头发
她的眼睛
朗诵她的微笑

美丽铺在路上
忧伤飘在空中

河水在我的喉管里
蓝蓝地流淌
或许会有人听见
因为夜晚还在河的那边

我朗诵她均匀的呼吸
朗诵她无力的裙裾
羞惭的脚印

朗诵她心中的云朵
水声在风中悠扬
一字一句，芬芳，鹅黄

赞美落满了山谷
夜晚还没有渡过河来

我的血管里纷飞着
黄昏的羽毛
那天，我站在河边朗诵一个人
那人却渐渐远去
消失在赞美的那一头

被点燃的硬币

你昨天还在维多利亚时代
今天黄昏就笑盈盈地
等在那棵柳树的下面
身上穿着用湖水做的裙子

月亮像一枚被点燃的硬币
在购买属于
你的
我的
夜晚

你抖一抖裙子
让小鱼游动起来

就这样
我们朝远处走去
走啊

走啊
硬是不让这条小路睡去

你总会不停地问

沿着被雏菊修饰的艾汶河
我们从四月一直走到三月
不管我皮肤的下面有多少石头
我都希望
你穿着软鞋的小脚不会受伤

雨下了
像我们请来的客人
冰雹下了
像我们请来的粗野的客人

我们走过了一个叫"玛丽"的村庄
我们走过了一座叫"威廉"的城堡
我们蹚过了无数条小河
看见鱼儿在帮渔夫修补渔网

蒲公英为什么能生孩子?

喇叭花有没有声带？

菊花在夏天把身份证藏在哪里？

凤仙花冬天是不是乘船去了岛上？

玫瑰的脸什么时候是红的什么时候是白的？

风歇下来的时候是什么样子？

波浪停下来后水的力量是不是睡着了？

你总是不停地问

像只找不到枝条的小鸟

风吹乱了你的头发

风吹乱了你的头发
风把你的头发一根一根地吹乱

其实没有乱
所有的错误都井井有条地
摆在秋天的入口处

叶子落了一层又一层
但始终没有把我们坐过的地方盖住

从水中捞起的小歌谣

女孩,你从什么地方来
把山野的芬芳
铺在我的门前
你的微笑
擦伤了我的脸庞
女孩,我要用月光写你的名字

女孩,你从什么地方来
把岛屿的翠绿
铺在我的门前
你的微笑
擦伤了我的目光
女孩,我要用海水写你的名字

女孩,你从什么地方来
把白云的轻盈
铺在我的门前

你的微笑

擦伤了我的花园

女孩，我要用天空写你的名字

女孩，你从什么地方来

把夜晚的忧伤铺在我的门前

你的微笑

擦伤了我的泪水

女孩，我要用叹息写你的名字

我把夜晚摆放得整整齐齐

我把夜晚摆放得整整齐齐
等你来，
月光做的酒杯
月光做的凳子
还有月光做的蛋糕
上面撒着北极星

我的房子很大
大得可以让所有认识你的露珠
来住，房子的周围是高山
山中的鸟鸣是最好的鸟鸣
可以为你做翅膀
让你在绿和蓝之间飞来飞去

叶子上写满了凌晨三点钟
你没有来
月光做的凳子上坐满了露珠

月光做的凳子越来越矮小
像只猫咪似的趴在地上
等你来，小爱人

我把夜晚摆放得这样整齐
你没有来
已经有好几阵风
从我的夜晚中走过
我知道
没有一阵风是你

我曾经爱过一个叫丁香的姑娘

我曾经爱过一个叫丁香的姑娘
她坐着一片叶子来过
又坐着一片叶子走了
每一只燕子都记得她的芳香
她消逝在雾中
她的家在雾的深处

她的家在雾的深处
钟声回荡着她的微笑
她的微笑放牧着钟声
一条小路捧着她的脚印一直到水边
河水莹莹地唤着她的名字
她的家在水的尽头

她的家在水的尽头
水带来了她的消息
水流走了她的踪迹

鱼群像失去了女王的臣民
簇拥着水中永不消散的倒影
而我永远是水边孤独的国王

我永远是水边孤独的国王
目光穿不透白雾迷茫
忧郁渡不过水域无边
失去了女王便失去了整个王国
钟声把我的惆怅告诉了远方
我曾经爱过一个叫丁香的姑娘

真正的爱情是在梦中

真正的爱情是在梦中
是梦中的一朵粉红的雪花
粉红的雪花凋谢
凋谢成一粒淡蓝的露珠

真正的爱情是在梦中
梦有时穿衣裳
有时不穿衣裳
而露珠,有时是铁的体温
有时是水的笑容

真正的爱情是在梦中
梦中的火车
行驶在忧伤的轨道上
在一处叫"玫瑰"的站头停靠

真正的爱情是在梦中

在梦中喝酒
想醉并没有那么容易
雪落在杯中
有谁听见

真正的爱情是在梦中
梦中的月光
是夜莺的太阳
把小河的对岸照亮

真正的爱情是在梦中
雪,把教堂的钟声覆盖了
有的雪回家
有的雪无家可归
但每一片雪花都有自己的名字

真正的爱情是在梦中
梦中的爱情
吃的是雪,穿的是雪
并被埋葬在雪中

真正的爱情是在梦中

醒来已被融化
像水
像一声叹息
像爱情

后 记

今年是我诗歌创作的第四十个年头,所以,特别希望从四十年的诗歌中精选出一本。

说是"精选",也只是相对而言,选最满意的 50 首有难度,选最满意的 100 首同样会有难度。文人往往"敝帚自珍",然而,在文学日益萎缩的年代,若连文人敝帚自珍的权利都给剥夺,也未免太不公平了吧。

选编的过程,不仅仅是重新审视自己所"制造"的那些文本,也是重温自己文学生涯的一个个难忘的瞬间。比如,收在第一卷中的一些诗,部分是洛夫在《创世纪》编发的,部分是宗仁发、曲有源在《作家》编发的——多是上世纪 90 年代早期所写的;如今,洛夫已经远去,至于宗仁发,前两年才见到,见到自然有道不完的感慨。比如,收在第五卷的《西茉纳之歌》是我 1990-1991 年写于西南师大(今西南大学)中国新诗研究所,2005 年在英国访学时自己将之译成英文;在我离开英国后,一位叫乔纳森(Jonathan)的英国诗人帮我在英国出版。比如,收在第五卷的组诗《水的女儿》,是由韩作荣老师 1993 年编发在《人民文学》的,而今,韩老师离我们而去已经几年时间了。比如,2011

年上半年我第一次在江苏见到李小雨老师,她让我发给她发一组诗,那组诗(包括收在第二卷的《暮色降临时我在唐诗里坐下》《一个学者诗人的夜晚》)很快发表在2011年《诗刊》第10月号上;可是,小雨老师却在2015年匆匆地离开了我们。比如,这本集子里的不少诗,我已经翻译成了英文,一个叫布莱特·福斯特(Bret Forster)的芝加哥诗人在身患直肠癌时还在为我润色译文;当时我并不知道他身患重症,当芝加哥的朋友告诉我布莱特于2015年不幸去世时,我才知道后来我为什么没有再收到他的电子邮件。

所以,我们说"文学是有温度的",它虽然不是一种天才的表达,但它道出了文学的魅力之一。

写诗40年,我感谢我的读者,并特别感谢那些愿意为我的诗歌写出评价文字的各位评论者。他们有的是诗坛前辈,有的是学界好友,有的是我的同事,还有个别的我并不知道他们是谁。我要把他们的名字录在这里,以表示对他们的感激:陈敬容、王夫刚、叶橹、张德明、沙克、李震、王玉琴、孙曙、杨桂森、彩虹、柏红秀、朱韦巍、孙德喜、古远清、林明理(中国台湾)、王诺、胡健、郑杰、苏珊·巴斯奈特(英国)、王珂、马汉广、杨飞、陈法玉、卢柏儒(中国台湾)。

我特别缅怀"九叶诗人"陈敬容,感谢她上世纪80年代对我的鼓励与帮助。感谢她推荐发表了我最初的一些诗作,并在《当代诗歌》上撰文《读义海的诗歌》推荐了我的第一个组诗;

我也特别感谢她引导我翻译外国诗歌。直到1989年夏天我才见了她一面，可惜这也是最后一面——先生不幸于1989年11月离开了我们。每当想起这位慈祥的老人，我都会从书架上抽出她所翻译的《巴黎圣母院》，还有她签赠的波德莱尔与里尔克译诗集《图像与花朵》。观书思人，这恐怕也算是"文学的温度"吧。

四十匆匆诗一卷，愿留人间字几行。

义海

2020年2月2日

2021年3月29日修改